Clássicos em CORDEL

A DIVINA COMÉDIA

Adaptação de
Moreira de Acopiara

Apresentação de
Rogério Soares

Ilustrações de
Severino Ramos

NOVALEXANDRIA
São Paulo – 1ª edição – 2014

Título original: *Divina Commedia*
© *Copyright*, 2014 – Moreira de Acopiara
Em conformidade com a nova ortografia
Todos os direitos reservados.
Editora Nova Alexandria.
Av. Dom Pedro I, 840
01552-000 São Paulo SP
Fone/fax: (11) 2215-6252

Site: www.novaalexandria.com.br
E-mail: novaalexandria@novaalexandria.com.br

Coordenação: Marco Haurélio
Ilustrações: Severino Ramos
Editoração Eletrônica: Viviane Santos
Capa: Viviane Santos sobre ilustração de Severino Ramos

Dados Internacionais de Catalogação na Publicação (CIP)
Angélica Ilacqua CRB-8/7057

Dante Alighieri, 1265-1321

A divina comédia em cordel / adaptação de Moreira de Acopiara; apresentação de Rogério Soares; ilustrações de Severino Ramos. – São Paulo : Editora Nova Alexandria, 2014.

48 p. : il. (Clássicos em cordel)

ISBN: 978-85-7492-389-5

1. Poesia italiana 2. Literatura de cordel 3. Literatura infantojuvenil I. Título II. Acopiara, Moreira de III. Soares, Rogério IV. Ramos, Severino

14-0535   CDD 851

APRESENTAÇÃO

PARA COMEÇO DE CONVERSA

A *Divina Comédia* é a obra-prima do escritor italiano Dante Alighieri. O tema central é a odisseia do poeta Dante pelo Inferno e Purgatório, acompanhado do poeta Virgílio; e pelo Céu, conduzido por Beatriz, musa do poeta, em algumas de suas obras. Essa narrativa fantástica descreve de forma alegórica a visão teológica dominante na Idade Média, em que o mundo do além se fracionava em três, correspondendo cada um aos reinos da condenação (Inferno), da penitência (Purgatório) e, por fim, ao da beatitude (Céu).

Dante começou a escrever sua obra-prima muito provavelmente em 1308 e a finalizou em 1321, pouco antes de morrer. O poema, de estrutura épica, narra a cosmovisão cristã do homem medieval sobre o além e a sublimação do pecado pelo amor. Ao contrário do que pode sugerir o título, ele não tem nada de cômico. O sentido de *commedia* em italiano da época se referia a uma narrativa em que tudo acabava bem (Dante encerra sua peregrinação no paraíso).

E foi com o nome de *Comédia* que o poema foi publicado pela primeira vez. Somente no século XV o adjetivo *Divina* foi acrescido ao título, porque Dante havia sugerido que sua história era um "poema sacro". Dividida em três livros, a *Divina Comédia*, em seus mais de 700 anos de existência, influenciou muitas gerações de escritores, pintores, escultores e músicos, que lhe renderam homenagens e, que de alguma forma, tornaram-se responsáveis por sua fama no mundo da literatura e das artes.

A originalidade e a inventividade do poema de Dante, calcado nas descrições do além, que ainda hoje corresponde para muitos a visão definitiva desses mundos, renderam-lhe não apenas o reconhecimento imediato de seus pares contemporâneos, mas, também, e acima de tudo, inscreveu seu nome para sempre na memória das gerações posteriores.

O LIVRO E SUA ÉPOCA

A Itália de Dante Alighieri era uma nação dividida entre facções rivais que duelavam pelo poder. As cidades funcionavam como estados autônomos, com leis, línguas e culturas próprias. Quando os interesses de algumas dessas cidades era contrariado, frequentemente havia derramamento de sangue, e elas entravam em guerra.

A política era representada pelos interesses familiares. A cidade de Florença, terra natal do poeta, era disputada por duas famílias. Revoltas e lutas alteravam constantemente os polos de governança. Numa dessas, Dante, que era um dos seis priores da cidade de Florença, foi destituído do posto sob acusação de corrupção e exilado para sempre de sua cidade.

Por meio da alegoria do mundo do além, Dante Alighieri retratou, com refinado realismo, os conflitos que traçavam os destinos na sociedade medieval em que vivia, demonstrando uma capacidade acutilante de observar e traçar o perfil sociológico dos variados membros dessa sociedade. Crítico severo dos desvios morais e religiosos, ele não economizou nas tintas e povoou o seu inferno de muitos de seus desafetos, além de assassinos, hereges, corruptos, ladrões — toda uma súcia que arde no piche quente do caldeirão de Lúcifer.

Exprimindo a realidade criticável de sua época, Dante não poderia imaginar que, muitos anos depois, inúmeras dessas ações censuráveis, presentes em sua obra, persistem no mundo moderno. Vem daí a sua atualidade e inquestionável valor histórico e literário. Um verdadeiro clássico na acepção do escritor italiano Italo Calvino.

A DIVINA COMÉDIA EM LINGUAGEM DE CORDEL

Ao abordar temas tão diversos como religião, sociedade, política e moral, a obra de Dante tornou-se uma fonte inesgotável para pintores, escultores, músicos e muitos outros artistas. Tão variados quanto os temas são as versões que já se fizeram até aqui dessa obra. Já era hora de esse clássico universal ganhar, também, a sua versão em cordel. Essa tarefa foi abraçada pelo poeta Moreira de Acopiara, artesão das palavras, que encanta e diverte semeando versos como quem planta um jardim de emoções.

Moreira de Acopiara nos conduz pela odisseia de Dante, desbravando as regiões do Inferno e Purgatório, até alcançar o Céu, onde é aguardado por sua amada Beatriz. O início da obra ocorre com os versos que descreve o poeta Dante, desorientado e frustrado, depois de muito caminhar pela vida:

Pelos caminhos da vida,
Depois de tanta procura
E frustrações que deixaram
Minha alma em grande amargura,
Me encontrei perdido um dia
No meio de selva escura.

Acossado por feras, Dante é resgatado por Virgílio que o conduz pelo Inferno e Purgatório até o entregar a "espírito mais digno". Inquieto, Dante quer saber por que Virgílio saiu de sua morada etérea para socorrê-lo nesse momento de amargura:

Disse Virgílio: "Não temas,
Pois se vim em teu encalço
Foi mandado pelo amor
Que não consegue ser falso
E só deseja livrá-lo
Do perigo e do percalço".

Definitivamente, essa é uma obra imperdível.

QUEM FOI DANTE ALIGHIERI

Maior poeta italiano de todos os tempos, Dante teve uma vida repleta de infortúnios, e estes aparecem refletidos em sua obra imortal: *A Divina Comédia*. Filho de família nobre, ocupou altos cargos em sua cidade natal, Florença. Exerceu a profissão de médico-farmacêutico e, depois, quando sua cidade entrou em guerra com Arezzo, combateu sob as ordens dos florentinos. Integrante do Conselho dos Cem, que governava a cidade, chefiou uma embaixada a Roma com vistas a reconciliar Florença com o papa Bonifácio VIII, mas foi detido por ordens do pontífice. Durante esse período, um partido rival ocupou o poder e quase todos os membros do partido do poeta foram mortos.

Condenado ao exílio, Dante seria queimado vivo se fosse capturado em Florença. Nesse período, escreveu sua obra maior, e nela expressou, além de sua amargura existencial, um vasto painel da Idade Média, com suas crenças, relações de poder e promiscuidades. Escrito no dialeto toscano, a obra é considerada o marco inicial da literatura italiana. O poeta faleceu em 1321, na corte de Ravena, onde se estabelecera três anos antes a convite do príncipe Guido Novello da Polenta.

QUEM É MOREIRA DE ACOPIARA

Manoel Moreira Junior, o Moreira de Acopiara, nasceu no município de Acopiara, interior do Ceará, onde viveu até os 20 anos de idade e foi alfabetizado pela mãe, entre os trabalhos na fazenda e a leitura de autores clássicos e folhetos de cordel. Poeta, escritor, declamador, já publicou dezenas de cordéis. Em 2004 foi eleito para ocupar a cadeira de número 4 da Academia Brasileira de Literatura de Cordel (ABLC), entidade sediada no Rio de Janeiro. Transita pelo conto e pelo teatro e tem trabalhos musicados e gravados por artistas como Téo Azevedo, Jackson Antunes e Zé Viola, dentre outros. Pela coleção Clássicos em Cordel, publicou ainda *As aventuras de Robinson Crusoé*, adaptação do romance de Daniel Defoe.

QUEM É SEVERINO RAMOS

Severino Ramos nasceu no município de Areia (PB), no dia 1ª de abril de 1963. Começou a cursar desenho industrial na Universidade Federal da Paraíba, mas desistiu para se dedicar exclusivamente às artes plásticas. Radicado em São Paulo desde 1987, expôs sua obras durante muitos anos na Galeria de Arte Brasileira. Ilustrador de livros infantis e folhetos de cordel, seu estilo é uma releitura da xilogravura popular. Seu traço pode ser conferido em obras como *Canudos e a saga de Antônio Conselheiro* (Duna Dueto), de Moreira de Acopiara, e *Contos e fábulas do Brasil* (Nova Alexandria), de Marco Haurélio.

Clássicos em CORDEL

A DIVINA COMÉDIA

Pelos caminhos da vida,
Depois de tanta procura
E frustrações que deixaram
Minha alma em grande amargura,
Me encontrei perdido um dia
No meio de selva escura.

Não sei se foi pesadelo,
Não me lembro se foi sonho;
Só recordo que o cenário
Era sombrio e tristonho,
Cavernoso, muito frio,
Enigmático, medonho.

Não sei como nem por quê,
Só me lembro que adentrei
E, ao chegar ao limiar
Daquela selva, chorei
Perante as coisas horrendas
Que por ali vislumbrei.

Vi grande colina, em cujo
Cimo já o sol brilhava;
Pra ela me dirigi,
Angustiado que estava,
Mas havia uma pantera
Que tudo ali pastorava.

Na verdade três panteras,
Envoltas num mar de fúria;
Uma era justamente
A pantera da luxúria,
Mais o leão do orgulho,
Numa constante lamúria.

Por terceiro havia a esquálida
Loba reles da avareza
Que tentava me empurrar,
Com arrogância e destreza,
Pra dentro da selva densa,
Onde imperava a tristeza.

De repente percebi,
Em tão tenebroso abrigo,
Alguém com voz doce e branda
Querendo falar comigo.
E a voz me dizia: "Escute,
Tenha calma, sou amigo".

Eu que já estava pensando
Que ali seria o meu fim,
Bradei: "Vem, homem ou sombra,
Eu também não sou ruim!"
E aquela sombra amorosa
Chegou me dizendo assim:

"Homem já não sou, poeta,
Mas já fui, bom e robusto.
Nasci em Mântua, na Itália,
Sob o império de Augusto
E de falsos deuses, tendo
Vivido com muito custo.

Cantei os feitos de Eneias,
Príncipe troiano e herói
Da Eneida, porém o tempo
Que constrói, também destrói.
Então eu fui destruído,
E é isso o que inda me dói."

Eu disse: "Ó Deus, é Virgílio,
Gênio da língua latina!...
Vem livrar-me destas feras
Que querem minha ruína
E estão me cerrando as portas
Que dão acesso à colina!"

"Deves me seguir agora
(Falou com voz ponderada),
Pois eu fui mandado para
Guiá-lo por outra estrada.
Portanto venhas comigo,
E não temas mais a nada.

Aquela imponente fera
Naquele tosco batente,
Cheia de ira e trejeitos,
Malvada e onipresente,
Não deixa que o caminhante
Ultrapasse impunemente.

Para que atinjas a via
Da luz do amor eterno,
Vou levar-te a conhecer
Primeiramente o Inferno,
Onde condenados penam
Num clima nada fraterno.

Em seus círculos horrendos
Milhares de condenados
Habitam sem esperanças,
Para sempre vigiados,
Eternamente sofrendo
E expiando seus pecados.

Venha comigo, sem medo,
Pois depois disso é preciso
Conhecer o Purgatório,
Que se encontra noutro piso.
Dali espírito mais digno
Vai levar-te ao Paraíso.

Não te assustes, pecador,
E tenhas coração brando.
No Purgatório verás
Almas se purificando
Para se juntarem aos
Eleitos, mas não sei quando".

Eu disse: "Mestre, fazendo
Versos perfeitos viveste;
Coloca um fim nos meus medos,
E me tira logo deste
Abismo! Eu te peço pelo
Deus que jamais conheceste".

Calmo, ponderado e firme,
O poeta se movia.
Eu, pensativo e inseguro,
Angustiado o seguia,
Enquanto a noite repleta
De trevas densas caía.

Invoquei as musas para
Que me livrassem do pranto,
Cessassem as dores de
Quem vinha sofrendo tanto,
Se mostrassem generosas
E inda inspirassem meu canto.

Indaguei: "Amado mestre,
Me explique por qual razão
Tive o privilégio de
Pisar vivo neste chão,
Reino dos mortos, reduto
Das almas sem salvação!"

Quis retroceder, porém,
Virgílio me surpreendeu
E disse: "Calma, poeta,
Tenha mais fé, pois o meu
Destino é servir a quem
Pra você nunca morreu.

No Limbo fui visitado
Por uma dama singela,
Tão luminosa, tão pura,
Tão delicada e tão bela
Que eu fiquei estupefato
Mirando a beleza dela.

Que pediu em tom suave:
"Virgílio, faça o favor,
Tu que vieste de Mântua
E que cantaste o amor,
Vai ao encontro de quem
De paz é merecedor.

Alma famosa, já hoje
E muito mais no futuro,
Vai socorrer um amigo
Perdido em abismo escuro,
Pois ele está precisando
Trilhar caminho seguro.

Pelo que soube no céu,
És glória do teu país;
Vai socorrer meu amigo,
Que assim ficarei feliz.
Vai com teu belo discurso!
O meu nome é Beatriz."

Disse Virgílio: "Não temas,
Pois se vim em teu encalço
Foi mandado pelo amor
Que não consegue ser falso
E só deseja livrá-lo
Do perigo e do percalço".

Exclamei: "Dama Divina,
Deusa para sempre amada!
E tu que a atendeste,
Tua bondade me agrada!"
Juntos encetamos a
Mais surpreendente jornada.

"Deixai aqui a esperança,
Vós que entrais". Estava escrito
No portão que dava acesso
Àquele antro maldito.
E eu adentrei o Inferno,
Com o coração muito aflito.

E Virgílio disse: "É
Muito importante deixar
Todos os medos e dúvidas
Agora, antes de entrar,
Pois o reino dos perdidos
Nós vamos atravessar".

O mestre tomou-me as mãos,
Olhou pra todos os lados
E disse: "Estamos no mundo
Dos eternos condenados".
Ouvi suspiros e gritos,
Gemidos desesperados.

Mestre (perguntei), quem são
Essas almas ao relento?
Melhor dizendo, prostradas
Nesse fétido aposento,
Abandonadas no mais
Degradante sofrimento?

"São as almas dos inertes
(O mestre me respondeu),
Da gente que não lutou,
Que não se desenvolveu,
Que a muito custo passou
Pela vida, e não viveu.

Gente fraca, gente omissa,
Sem razões e sem paixões,
Que não praticou, na vida,
Nem boas nem más ações.
Gente que em vida foi cega
Para receber lições.

São essas almas que Lúcifer
Não aceitou nem aceita,
E estão nesse anti-Inferno
Onde ninguém lhes respeita.
São almas dos que viveram
A vida sob suspeita.

Em vida não conseguiram
Separar o bem do mal,
Nem empreenderam luta
Por uma credencial.
Chorarão eternamente
E se banharão com sal.

Correrão sem rumo certo,
Por grandes vespas picadas,
Suas lágrimas serão
Com sangue imundo mescladas...
Mas, olha e passa, porque
São longas nossas jornadas".

Assim nós chegamos à
Margem do rio Aqueronte,
Um fosso contaminado,
Onde o barqueiro Caronte
Com grandes olhos de fogo
Nos aguardava defronte.

E ele gritou: "Ai de vós,
Condenados, que jamais
Vereis o céu, nem terão
Qualquer momento de paz!
E tu, alma viva, o que
Queres perto dos demais?

Estas almas estão mortas!
Como é que tu tens coragem?"
Retrucou meu guia: "Não,
Caronte, nessa viagem
Tu não deves blasfemar
Nem negar-nos a passagem.

Leva-nos ao outro lado,
Mantém a face serena,
Repara o semblante triste
Dessa alma viva que acena!
A ordem vem lá do alto,
E a que nos pediu, ordena".

Na outra margem notamos
Mais almas maledicentes,
Maltratadas pelas vespas,
Desnudas, rangendo os dentes,
Iradas e blasfemando
Muito, contra os ascendentes.

Blasfemavam contra a pátria,
Faziam rebelião,
Blasfemavam contra a prole
Tão pervertida de Adão,
Blasfemavam contra Deus,
Contra o tempo, contra o chão.

"Por aqui, meu filho (disse
O amado mestre, absorto),
Não passa uma alma boa!"
E num total desconforto
Eu caí no chão, inerte,
Como se estivesse morto.

E eu fiquei assim depois
Que vi a terra tremer
E um vento arrebatador
Do subsolo irromper.
Foi esse vento que fez
O meu corpo esmorecer.

Ao despertar desse sono
Escutei a voz pausada
Do mestre dizendo: "Vamos,
É longa a nossa jornada.
Baixemos ao mundo das
Trevas. Apresse a passada!"

Virgílio, meu guia, andou
Com passadas furiosas
E chegamos no local
Onde as almas suspirosas,
Sem batismo, lamentavam
Terem sido tão teimosas.

Disse Virgílio: "Ao limbo,
Os que foram condenados
Terão penas brandas, pois
Não foram muito culpados.
Os que sofrem neste abismo
São os de leves pecados.

Eu também sou dos que penam
Neste abismo pavoroso.
Mal cheguei e percebi
Que um ser todo-poderoso
Aqui chegou com um semblante
Ridente e misterioso.

Desceu a esta mansão
Dos mortos e, de improviso,
Resgatou Abel, Noé,
Moisés e, com o mesmo riso,
Levou Abraão, Raquel
E Davi pra o Paraíso".

Enquanto o mestre falava
Eu olhei e vi adiante,
Longe, disperso nas trevas,
Um certo clarão, brilhante.
A luz provinha de Homero,
Que foi poeta importante.

Mais à frente contemplamos
Outros vultos do passado:
Platão, Hipócrates, César –
O que foi assassinado
Por Brutus, filho adotivo,
Brutalmente, no senado.

Também encontramos Sócrates,
Mestre da filosofia;
E Euclides, a quem devemos
A plana geometria.
E Ptolomeu, que foi
Um mestre em astronomia.

Não podíamos demorar
Naquele círculo imundo,
Por isso o abandonamos
E adentramos no segundo,
Mais afunilado e mais
Repugnante e profundo.

Minos, rei inexorável,
Severo legislador
De Creta, era o juiz
Daquele antro de horror.
E vigiava na porta
Todo e qualquer pecador.

E as almas luxuriosas
Protagonizavam cena
Sob vento furioso,
O que me deu muita pena.
Pude distinguir Cleópatra,
Páris, Tristão e Helena.

Vi um casal abraçado,
Chorando naquela praça.
Ela disse: "Não há nada
Mais triste que, na desgraça,
Recordar tempos felizes
De amor, de ventura e graça.

Meu esposo me deu tudo,
Mas eu me comportei mal,
Me envolvi com meu cunhado,
Fui vulgar e desleal,
E com ele morri em
Pleno pecado mortal".

Senti grande comoção
E tombei desfalecido.
Meu mestre estava por perto,
E, ao recobrar o sentido,
Estava perto de Cérbero,
Cão danado e pervertido.

Possuía três cabeças,
Uma cauda de serpente,
Olhos grandes, garras, crinas,
Porte assombroso e imponente,
Rasgava o dorso das sombras,
Assombrando o penitente.

Sob uma chuva maldita,
Eterna, pesada e fria,
Que gerava lama pútrida,
Aquele monstro gemia,
Eriçava as ventas largas,
Gritava e se contorcia.

Tem muita coisa que a gente
Assim que vê se encabula;
Eu quis voltar, mas meu mestre
Comentou: "Não escapula!
Vamos já ver os que penam
Pelo pecado da gula".

Era o círculo terceiro,
E encontrei um conhecido
Que me perguntou: "E a vida
Na terra, como tem sido?
Estão cuidando do solo
Ou tudo já está perdido?

Tem alguém que seja justo
Lá na sua região?
Por acaso ainda há
Por lá carência de pão?
E por que tanta discórdia,
Ganância e corrupção?"

Respondi: "Justos há poucos,
Por isso tanta tristeza;
E a razão de tantos males
No meu mundo é, com certeza,
A centelha da inveja,
Do orgulho e da avareza".

Aquela conversa breve
Agitou meu coração;
Mas segui junto a meu mestre
Pela densa escuridão.
Entramos no quarto círculo,
Vigiados por Plutão.

Que bradou, quando nos viu:
"Aqui não! Fastem pra trás!".
E gesticulando irado
Disse: "O Papa é Satanás".
Retorquiu Virgílio: "Calma,
Queremos passar em paz.

Guarda pra ti tua ira
E tua pobre linguagem,
Pois se estamos nesse abismo
Foi porque uma mensagem
Veio do alto, e não podes
Barrar a nossa passagem".

No mesmo círculo fétido
Nós vimos turbas aos gritos,
Empurrando enormes fardos,
Pesados, muito esquisitos,
Cheios de dinheiro e tendo
Por perto outros cães malditos.

Perguntei: "Mestre, quem são?
Responda, por gentileza!"
Disse Virgílio: "Aqueles
Que abusaram da avareza,
Achando que a maior glória
Era acumular riqueza.

Malguardaram, malgastaram
E acharam que era preciso
Angariar sem medida,
Mas foi grande o prejuízo,
Pois isso lhes cerrou todas
As portas do Paraíso".

Chegamos ao quinto círculo,
Em cujas margens lodosas
Vi raios enfurecidos
E brisas ferruginosas,
Trovões ameaçadores
E ladeiras perigosas.

Ali jaziam as almas
Cruelmente condenadas
Por na vida terem sido
Reféns da ira, coitadas.
Por isso elas se mordiam,
Por si mesmas torturadas.

Circundamos poço horrendo
E, inesperadamente,
Avistamos grande torre
E uma luz tremeluzente.
Era a cidade de Dite,
Que estava na nossa frente.

Ali Satã residia,
Por demônios protegido,
E logo foi avisado
De que alguém desconhecido
Se aproximava com ares
De quem já estava perdido.

Flégias, barqueiro do rio
Que dava acesso à cidade
Já tinha sido avisado,
E, sem amabilidade,
Levou os dois protegidos
Pela divina vontade.

Virgílio subiu no barco
E ele não se balançou;
Mas, na hora que eu subi,
Por um triz não afundou.
E Flégias, vendo o meu peso,
Visivelmente corou.

Sobre as águas putrefatas
Surgiu horrenda visão,
Que indagou com voz sinistra:
"Quem és, que adentra a mansão
Dos mortos estando vivo,
Com divina proteção?"

Respondi: "Venho, mas volto,
E sei muito bem quem és;
Foste feroz e rasgaste
As santas leis de Moisés.
O teu orgulho infinito
Provocou dores cruéis.

Vai-te unir aos outros cães!"
E as outras almas danadas
A puxaram para o fundo.
Nisso vimos as entradas
Do lar das almas que tinham
Penas mais exacerbadas.

Com muita dificuldade
E ajuda celestial
Chegamos ao sexto círculo,
Morada antissocial
Dos hereges e alguns outros
Propagadores do mal.

Naquele vale de lágrimas
Pensei no santo Juiz,
E Virgílio disse, olhando
O meu semblante infeliz:
"Sorrirás depois perante
O doce olhar de Beatriz".

No centro daquele enorme
Campo de tumbas ardentes
Encontramos um caminho
Com paisagens diferentes
Que dava no sétimo círculo,
Vale de mais penitentes.

Daquele vale emanava
Um fedor nauseabundo;
De um grande lago de sangue
Tal odor era oriundo.
Nele agonizava quem
Foi assassino no mundo.

Os violentos contra o próximo
Eram ali submersos
No sangue, e quando subiam,
Centauros brutos, perversos,
Os atacavam. Não há
Como dizer nesses versos.

Disse o meu mestre: "Contempla,
Mas, por favor, não te alteres!"
Quebrei um galho, e a planta
Sangrando disse: "O que queres?
Por que não tens piedade?
Quem és e por que me feres?"

Achamos os violentos
Contra Deus, nos corredores;
Topamos os usurários,
Os biltres bajuladores,
E, sob chuva de fogo,
Vimos os blasfemadores.

Deixamos então aquela
Tenebrosa região
E seguimos, depois de
Nos valer de Gerião,
Outro horrendo monstro alado
Com cauda de escorpião.

Esse monstro carregava
Dois ferrões envenenados
Num rabo que castigava
Os que jaziam fincados
Num fosso, com os pés pra cima,
Por terem sido tarados.

Adivinhos e corruptos
Nós vimos logo na frente
Se debatendo e chorando
Imersos em piche quente,
Sob arpão certeiro de
Demônio bruto e inclemente.

Eu precisei me esconder
Atrás de abismos rochosos,
Moitas de enormes espinhos,
Precipícios perigosos,
A fim de evitar a sanha
De demônios furiosos.

Enquanto estive escondido
Recuperei a coragem;
Virgílio disse a um demônio:
"Libere nossa passagem!
Sou refém da lei divina
E guia nessa viagem".

Era um tal de Malaconda,
Que compreendeu o recado
E ordenou à turba inquieta:
"Foi um poeta inspirado,
E aqui é guia de um vivo,
Não deve ser molestado".

Outras cenas dolorosas
Na frente nos aguardavam;
Era a multidão de hipócritas
Que, devagar, se arrastavam,
Sob couraças de chumbo
E ouro, que muito pesavam.

Mais horripilantes cenas
Vi, em outras direções;
Eram venenosas cobras
Que emergiam dos porões
E sem piedade atacavam
Grande corja de ladrões.

Por perto vimos Ulisses,
Herói grego, já sem nau,
Respondendo pela farsa
Do seu cavalo de pau
Naquela guerra de Troia,
Onde esteve Menelau.

Depois de esforços imensos
Ao nono fosso chegamos;
Em meio a vísceras, sangue,
E fezes, nos deparamos
Com os cismáticos. Virgílio
E eu muito lamentamos.

Deixamos aquele antro,
Andamos um pouco mais
E encontramos um gigante
De membros descomunais
Que nos pôs na mais profunda
Das regiões infernais.

Naquele lugar havia
Um rio de pardas cores,
Gelado, formado pelas
Lágrimas dos pecadores,
E dentro dele gemiam
As almas dos traidores.

Ali o rei dos Infernos,
Imponente, sacudia
Duas asas gigantescas,
Gesticulava e gemia.
Rabo, chifres e três caras
Aquele monstro trazia.

A da frente era vermelha,
A da esquerda, pardacenta.
A da direita trazia
Uma cor amarelenta,
E eu não sei dizer das três
Caras qual a mais nojenta.

Supliquei: "Amado mestre,
Me responda por bondade!
Quem são esses três que sofrem,
Sem que tenham piedade?"
O mestre disse: "Os maiores
Traidores da humanidade.

Judas, traidor de Cristo;
E Brutus, um desumano,
Traidor de Júlio César,
Ambicioso e profano.
Por fim vemos Cássio, que
Traiu o Império Romano".

Vi papas, reis e empresários,
Num grande conglomerado;
Mas já se fizera noite,
E me disse o mestre amado:
"O Inferno, finalmente,
Fora todo desvendado".

Deixamos pra trás aquela
Paragem triste e maldita
E vimos fraca luz que
Se insinuava bonita,
O que trouxe um certo alívio
À minha alma muito aflita.

Aquela luz que avistamos
Ainda quase apagada
Eram os primeiros reflexos
Da manhã quase raiada
No Purgatório, que impunha
Em nós dois nova jornada.

Tão absorto eu estava
Naquela contemplação
Que mal vi um velho austero,
Conhecido por Catão.
Do Purgatório ele era
O mais fiel guardião.

E Catão disse a Virgílio:
"Eu já sei que és protetor
Deste vivente que vem
Impelido pelo amor,
E que muitos obstáculos
Inda precisa transpor".

Concluiu Catão: "Virgílio,
Por favor, tem piedade!
Cinge este homem com o
Junco da serenidade,
Livra-o de toda impureza
E incute-lhe suavidade".

E o mestre, que sempre esteve
Atento, firme e disposto,
Obedeceu a Catão.
E a firme cor do meu rosto
Foi logo restituída,
E eu me senti recomposto.

Um raio claro brilhou
Do nosso lado direito.
Virgílio disse: "É um anjo!"
E completou satisfeito:
"É um mensageiro divino!
Reza em sinal de respeito".

Adiante um grupo de espíritos,
Longe de nós poucos palmos,
Por dois anjos ladeados,
Atentos todos e calmos,
Dentro de uma barca grande
Cantavam sagrados salmos.

Percebi na grande barca
Figura imponente e bela
De um cantor italiano
Que atendia por Casella.
Não houve no mundo todo
Voz bonita como aquela.

A sua voz deixou muito
Toscano leve e feliz;
Viveu cantando o amor,
A saudade e o seu país...
Suas canções embalaram
Os meus sonhos juvenis.

Caminhando lentamente
Mais adiante pude ver
Algumas almas que tinham
Tardado em se arrepender
E, como castigo, mal
Conseguiam se mover.

Encontrei Manfredo, que,
Ao me ver, disse em latim:
"Fui corrompido por causa
Do ouro de um papa ruim,
Mas morri com honra. Pede
Que rezem muito por mim..."

Entre rochas enxergamos
Milhares de almas penadas
Que nos relataram: "Nós
Seremos purificadas!
Mas com orações teremos
As penas abreviadas".

Notando que eu era vivo
Mais almas se aproximaram
De mim, pedindo orações.
Outras se manifestaram
Pedindo que eu relatasse
A verdade aos que ficaram.

No meio daquelas almas
Eu enxerguei os traídos
E os muitos injustiçados,
Mal amados, mal vividos...
E eu disse ao mestre: "Fujamos
Depressa desses gemidos!

Vamos apressar o passo
E avançar enquanto é dia!"
Eu disse a Virgílio que
Desconcertado seguia,
Tristonho, talvez por causa
De cada cena que via.

Vi outra alma sentada,
Logo ali na nossa frente,
E fomos ao seu encontro.
E foi muito comovente
Ver o poeta Virgílio
Ir abraçá-la contente.

Era Sordello, outro bardo
Que a velha Itália criou.
Olhando o mestre eu notei
Que o seu semblante mudou
Ao ver o seu velho amigo,
E muito se emocionou.

Indagou Sordello: "Para
Onde queres ir, ó glória?
Ó honra da minha terra,
De tão saudosa memória!
Hoje estás aqui, porém
Fizeste lá bela história."

Andamos com passos lentos
E vimos, um pouco à frente,
Almas antes inimigas
Rezando fraternalmente
No reino do perdão, se
Consolando mutuamente.

Vimos, lado a lado, reis,
Rainhas, príncipes, senhores,
Gente do povo, homens rudes,
Analfabetos, doutores...
De todas as posições,
Tendo ali iguais valores.

Vencido pelo cansaço,
Finalmente adormeci;
E esse meu sono foi tão
Profundo que não senti
A águia de plumas douradas
Que nos retirou dali.

Acordei sobressaltado,
Sobre degraus de cristais,
Onde um anjo luminoso,
Com gestos fenomenais,
Ordenou: "Daqui pra frente
Ande sem olhar pra trás".

Primeiramente encontramos,
Em lamentáveis estados,
Naquele primeiro círculo
Do Purgatório, amarrados,
Os soberbos. A soberba
É a raiz dos pecados.

Já no círculo segundo,
Entre curvas sinuosas,
Nós enxergamos as almas
Das pessoas invejosas.
Tinham pálpebras cerzidas
E aparências tenebrosas.

O sol já ia se pôr,
Quando vimos luz intensa.
Era a figura de um anjo
Mostrando estrada suspensa
Que dava ao terceiro círculo,
De ira e tormenta imensa.

Muito além rompeu a lua
Com raios muito brilhantes,
E ouvi um tropel de almas
Que corriam ofegantes,
Pagando por terem sido
Negligentes e distantes.

Novamente fatigado
Caí em sono profundo.
Sonhei com feia mulher,
Blasfemando contra o mundo,
Muito irada e me mostrando
O seu ventre nauseabundo.

Mas Virgílio me acudiu,
E seguimos cautelosos.
Chegamos a mais um círculo,
Onde purgavam os gulosos.
No sétimo círculo encontramos,
Purgando, os luxuriosos.

Havia ali labaredas,
E eu, a princípio, não quis
Transpô-las, pois tive medo,
Mas um sacrifício fiz
Quando o mestre bradou: "Vem!
Mais perto está Beatriz!"

Saí ileso daquele
Fogo purificador,
E Virgílio disse: "Filho,
A partir desse setor
Te acompanharei de longe,
Tu serás o teu senhor.

Já cumpri com o meu dever,
Posso regressar feliz.
Mostrei-te o fogo do Inferno,
Foi por amor o que fiz.
Agora serás teu guia,
Até topar Beatriz".

Caminhei mais alguns passos
E encontrei pássaros cantores
Sobre uma relva belíssima
De refrescantes odores.
Ali perto bela dama
Cantava colhendo flores.

Ali havia uma fonte
De água pura, inexaurível,
Que abastecia dois rios
Do Éden, de modo incrível.
Um lugar de mais beleza
Eu não sei se era possível.

Sozinho, olhei ao redor,
E pensei: "Eu tenho um prazo
E não posso me deter
Ante belezas. Acaso,
Meu Deus, onde agora piso
É o que chamam de Parnaso?"

E era mesmo! Concluí
Vendo as superfícies planas,
As sombras aconchegantes
E uma voz que, entre hosanas,
Me disse: "Aqui é o reduto
Das musas parnasianas".

Virgílio, de longe, olhava
A minha estupefação.
Avancei um pouco e vi
Passando uma procissão,
Com passos cadenciados,
Cantando bela canção.

Formou-se grande arco-íris,
Com vivificantes cores,
E um coral angelical
Cantou dois cantos de amores
Para saudar quem chegava
Do céu, em nuvem de flores.

Escoltada por cem anjos
Chegava ali Beatriz.
Voltei-me para falar
A Virgílio, porque quis
Dividir tal emoção,
Mas nisso não fui feliz.

Havia partido já
Meu mestre, meu pai, meu guia.
Chorei, mas me consolei
Ao ouvir voz que pedia
Pra fazer daquele pranto
Consolo, paz e alegria.

"Não deves chorar a ausência
De Virgílio. Tenha calma!
Chora, sim, pelos motivos
Que te feriram a alma!
Chora porque no passado
Bateste, em vão, tanta palma!

Chora o fato de ter feito
Na vida frustrados planos;
Só no crepúsculo da vida
Teres notado os enganos:
Apego às coisas terrenas
E aos prazeres mundanos!"

E prosseguiu Beatriz,
Com voz doce e cristalina:
"Tu, na aurora da vida,
Me contemplando menina,
Eras puro e bom. Depois
Esqueceste a disciplina.

Trilhaste uma estrada falsa,
Buscando ventura e gozo.
O que o levou a uma selva
Escura, e foi perigoso.
Mas, agora, esquece o teu
Passado pecaminoso".

Arrependi-me dos erros,
E, em seguida, fui levado
Às águas frescas de um rio,
Onde fui purificado.
E absolvido das culpas
Fui adiante, renovado.

Era o rio Eunoé,
Do rio Letes bem perto.
Uma torrente sagrada
Que tinha destino certo:
Purificar almas, como
Se fertiliza um deserto.

E foi assim que entrei no
Paraíso, envolto em pranto,
Emocionado por tudo
Que enxerguei no reino santo.
E o que vi será narrado
Doravante, no meu canto.

Vou confiar em Minerva,
Deusa da sabedoria,
E na bondade de Apolo,
Para que seja meu guia,
Ao lado das novas musas,
Em mais essa travessia.

O dia já despontava,
E eu senti que era preciso
Estar perto de Beatriz,
Que disse, em meio a um sorriso:
"Não te aflijas, pois agora
Estamos no Paraíso".

Disse mais: "Ergue, poeta,
A mente a Deus e agradece!
Chegamos ao céu da lua,
Só chega aqui quem merece.
É o reino da fortaleza,
E o local pede uma prece".

Rezei brevemente numa
Atitude submissa;
Após cruzar uma estrada,
Entre Ave-Maria e missa,
Cheguei ao céu de Mercúrio,
O império da justiça.

Ali notei Constantino,
Grande imperador romano,
Que trouxe o cristianismo
Para o povo italiano.
A poucos metros eu vi
O grande Justiniano.

Naquele céu, Beatriz
Falou da queda de Adão,
Da vinda de Jesus Cristo,
Sua importante missão,
Seu amor, seu sacrifício,
Até a ressurreição.

Disse que, na terra, os homens
Precisam ser mais leais,
Mais ponderados nos votos,
Mais promotores da paz,
Mais humanos, mais fraternos,
E não rudes animais.

Chegamos ao céu de Vênus,
O reino da Temperança,
E Beatriz irradiava
Mais beleza e confiança
Dizendo que era preciso
Trabalho, fé e esperança.

Passamos ao quarto céu.
Eu me esqueci dos ressábios
E vi que era o céu do Sol,
Onde teólogos e sábios
Se encontravam sempre com
Grandes sorrisos nos lábios.

Entre esses homens notáveis
Avistei Tomás de Aquino,
Que foi preclaro teólogo,
Inquieto desde menino,
E viveu na velha Itália,
Valorizando o divino.

Lembrando seus atos pios
Ascendi ao céu de Marte
Ao lado de Beatriz,
De Deus também uma parte,
E dei mil e tantas graças
Por tão engenhosa arte.

Dentre tantas almas, vi
Uma que me causou sustos,
Dizendo: "As igrejas querem
Vender Cristo a quaisquer custos!"
Passei à esfera de Júpiter,
Domínio dos homens justos.

Chegando ao sétimo céu
(De Saturno, tão bonito),
Vi grande escada cor de ouro
E encontrei São Benedito,
Que disse: "A corrupção
Na terra me deixa aflito".

Ao céu das estrelas fixas
Chegamos rapidamente
E Beatriz me disse: "Que
Teu coração se apresente
Mais jubiloso. Já estás
Mais próximo do Onipotente".

Ao mirar os sete céus
Vi que a terra era pequena.
E vi o Cristo no Empíreo
Protagonizando a cena
Mais bonita, onde Maria
Era amor e glória plena.

Já no nono céu eu vi
São Pedro em dourado manto,
Me indagando sobre fé,
Me abençoando. E um canto
Me inebriou com um "Glória
Pai, Filho, Espírito Santo".

Vi São Pedro novamente,
Até mudando de cor,
Por terem feito de Roma
Uma cloaca de horror:
Muitos vícios e torpezas,
Muito lucro e pouco amor.

Vi num ponto grande luz,
Que parecia sagrada.
Era Deus! E ali bem perto
Minha dama sublimada
Ao lado de legião
Celestial, bem sentada.

São Bernardo apareceu
Pra me fazer companhia.
Ali perto vi Moisés,
Francisco, Ana, Luzia,
João Evangelista e Lúcia,
Sara e a Virgem Maria.

Outras cenas vi. E não posso
Com meus versos descrevê-las.
Minhas palavras são débeis!
Porém fui tomado pelas
Forças de um amor que move
As montanhas e as estrelas.